AF396173

REFLEXIONS MORALES.

REFLEXIONS

OV

SENTENCES

ET

MAXIMES

MORALES.

Nouuelle Edition.

A PARIS,

Chez CLAVDE BARBIN, vis à vis
le Portail de la Sainte Chapelle,
au figne de la Croix.

M. DC. LXVI.

AVEC PRIVILEGE DV ROY.

AVIS AV LECTEVR.

MON CHER LECTEVR,

Voicy vne seconde edition des Reflexions Morales que vous trouuerez sans doute plus correcte & plus exacte en toutes façons que n'a esté la premiere. Ainsi vous pouuez maintenant en faire tel iugement que vous voudrez sans que ie me mette en peine de tascher à vous preuenir en leur faueur, puisque si elles sont telles que ie le croy, on ne pourroit leur faire plus de tort que de se persuader qu'elles eussent besoin d'apologie. Ie me contenteray de vous auertir de deux choses : L'vne, que par le mot d'Interest, on n'entend pas tousiours vn interest de

AV LECTEVR.

bien ; mais le plus souuent vn interest d'honneur ou de gloire : Et l'autre, qui est la principale & comme
le fondement de toutes ces Reflexions,
est que celuy qui les a faites n'a
consideré les hommes que dans cét
estat déplorable de la nature cor-
rompuë par le peché ; & qu'ainsi
la maniere dont il parle de ce nombre infiny de deffauts qui se rencon-
trent dans leurs vertus apparentes,
ne regarde point ceux que Dieu en
preserue par vne grace particuliere.

Pour ce qui est de l'ordre de ces
Reflexions, vous n'aurez pas peine à
iuger, mon cher Lecteur, que comme
elles sont toutes sur des matieres differentes, il estoit difficile d'y en
obseruer. Et bien qu'il y en ait
plusieurs sur vn mesme suiet, on n'a
pas creu les deuoir mettre de suite,
de crainte d'annuyer le Lecteur :
mais on les trouuera dans la table.

EXTRAIT DV PRIVILEGE du Roy.

PAR Grace & Priuilege du Roy, donné à Paris le 14. iour de Ianvier 1664. Signé par le Roy en son Conseil BERTHAVLT, il est permis à Claude Barbin, Marchand Libraire de nostre bonne Ville de Paris, d'imprimer ou faire imprimer vn Liure intitulé *Reflexions ou Sentences & Maximes Morales*, en tels volumes ou caracteres que bon luy semblera, durant le temps & espace de sept années ; à compter du iour qu'il sera acheué d'imprimer : Et cependant deffences sont faites à tous Imprimeurs, Libraires, & autres personnes, d'imprimer ou contrefaire ledit Liure à peine de trois mil liures d'amende , confiscation des Exemplaires contrefaits, & de tous dépens, dommages & interests, ainsi qu'il est plus au long mentionné esdites Lettres.

Regiftré fur le Liure de la Commu-
nauté des Marchands Libraires &
Imprimeurs de cette Ville de Paris, le
17. iour de Ianuier 1664. fuiuant
l'Arreft de la Cour de Parlement,
E. MARTIN, Syndic.

Acheué d'iprimer le 1: Septembre
1666.

Les Exemplaires ont efté fournis.

REFLEXIONS

MORALES.

I.

CE que nous prenons pour des Vertus n'est souuent qu'vn assemblage de diuerses actions que la fortune arrange comme il luy plaist.

2.

L'Amour propre est le plus grand de tous les flatteurs.

A

3.

Quelque découuerte que l'on ait faite dans le pays de l'Amour propre, il y reste bien encore des terres inconnuës.

4.

L'Amour propre est plus habile que le plus habile homme du monde.

5.

La durée de nos Passions ne dépend pas plus de nous que la durée de noftre vie.

6.

La Passion fait fouuent vn fol

du plus habille homme : & rend
souuent les plus sots habiles.

7.

Ces grandes & éclatantes
Actions qui éblouïssent les yeux
sont representées par les politi-
ques comme les effets des grands
desseins ; au lieu que ce sont
d'ordinaire les effets de l'humeur & des Passions. Ainsi la
guerre d'Auguste & d'Antoine
qu'on raporte à l'ambition qu'ils
auoient de se rendre maistres
du monde, n'estoit peut-estre
qu'vn effet de jalousie.

8.

Les Passions sont les seuls
orateurs qui persuadent toûjours. Elles sont comme vn art

de la nature dont les regles font
infaillibles : & l'homme le plus
fimple qui a de la paffion perfuade mieux que le plus éloquent
qui n'en a point.

9.

Les Paffions ont vne injuftice
& vn propre intereft qui fait
qu'il eft dangereux de les fuiure,
& qu'on s'en doit deffier lors
mefme qu'elles paroiffent les
plus raifonnables.

10.

Il y a dans le cœur humain
vne generation perpetuelle de
Paffions, en forte que la ruine de
l'vne eft prefque toûjours l'efta-
bliffement d'vne autre.

11.

Les Passions en engendrent
souuent qui leur sont contraires.
L'auarice produit quelquefois la
prodigalité , & la prodigalité
l'auarice : on est souuent ferme
par foiblesse , & audacieux par
timidité.

12.

Quelque soin que l'on prenne
de couurir ses Passions par des
apparences de pieté & d'honneur , elles paroissent toûjours
au trauers de ces voiles.

13.

Nostre Amour propre souf-
fre plus impatiemment la con-

damnation de nos goufts que de
nos opinions.

14.

Les hommes ne font pas feulement fujets à perdre le fouue-
nir des bien-faits & des injures:
ils hayffent mefme ceux qui les
ont oblignez, & ceffent de hayr
ceux qui leur ont fait des outra-
ges. L'application à recompenfer
le bien, & à fe venger du mal
leur paroift vne feruitude à laquelle ils ont peine de fe fou-
mettre.

15.

La Clemence des Princes n'eft
fouuent qu'vne politique pour
gagner l'affection des peuples.

16.

Cette Clemence dont on fait vne vertu se pratique tantost par vanité ; quelquefois par paresse ; souuent par crainte , & presque toûjours par tous les trois ensemble.

17.

La Moderation des personnes heureuses vient du calme que la bonne fortune donne à leur humeur.

18.

La Moderation est vne crainte de tomber dans l'enuie & dans le mépris que meritent ceux qui s'enyurent de leur bon - heur.

c'eſt vne vaine oſtentation de la force de noſtre eſprit : & enfin la moderation des hommes dans leur plus haute éleuation eſt vn deſir de paroiſtre plus grands que les choſes qui les éleuent.

19.

Nous auons tous aſſez de for-ce pour ſupporter les maux d'autruy.

20.

La Conſtance des Sages n'eſt que l'art de renfermer leur agi-tation dans leur cœur.

21.

Ceux qu'on condamne au ſupplice affectent quelquefois

vne Conſtance & vn mépris de
la mort qui n'eſt en effet que la
crainte de l'enuiſager. De ſorte
qu'on peut dire que cette conſtance & ce mépris ſont à leur
eſprit ce que le bandeau eſt à
leurs yeux.

22.

La Philoſophie triomphe aiſément des maux paſſez & des
maux auenir. Mais les maux
preſens triomphent d'elle.

23.

Peu de gens connoiſſent la
Mort : On ne la ſouffre pas ordinairement par reſolution ,
mais par ſtupidité & par couſtu-
me ; & la pluſpart des hommes
meurent parce qu'on ne peut

s'empefcher de mourir.

24.

Lors que les grands hommes fe laiffenr abattre par la longueur de leurs infortunes ils font voir qu'ils ne les fouftenoient que par la force de leur Ambition, & non pas par celle de leur ame, & qu'à vne grande vanité prés, les Heros font faits comme les autres hommes.

25.

Il faut de plus grandes vertus pour fouftenir la bonne fortune que la mauuaife.

26.

Le Soleil ny la Mort ne fe

peuuent regarder fixement.

27.

On fait fouuent vanité des paffions mefme les plus criminelles. Mais l'Enuie eſt vne paffion timide & honteuſe que l'on n'oſe jamais auoüer.

28.

La Ialouſie eſt en quelque maniere juſte & raiſonnable , puis qu'elle ne tend qu'à conſeruer vn bien qui nous appartient , ou que nous croyons nous appartenir : au lieu que l'Enuie eſt vne fureur qui ne peut ſouffrir le bien des autres.

29.

Le mal que nous faiſons ne nous attire pas tant de perſe-cution & de haine que nos bon-nes qualitez.

30.

Nous auons plus de Force que de volonté : & c'eſt ſouuents pour nous excuſer à nous meſ-me que nous nous imaginons que les choſes ſont impoſſibles.

31.

Si nous n'auions point de Defauts nous ne prendrions pas tant de plaiſir d'en remarquer dans les autres.

32.

La Ialoufie fe nourrit dans les doutes. C'eft vne paffion qui cherche toûjours de nouueaux fujets d'inquietude & de nouueaux tourmens : & elle deuient fureur fi-toft qu'on paffe du doute à la certitude.

33.

L'Orgueil fe dedommage toûjours, & ne perd rien lors mefme qu'il renonce à la vanité.

34.

Si nous n'auions point d'Orgueil, nous ne nous plaindrions pas de celuy des autres.

35.

L'Orgueil est égal dans tous les hommes, & il n'y a de differen-ce qu'aux moyens & à la ma-niere de le mettre au jour.

36.

Il semble que la nature qui à si sagement disposé les organes de nostre corps pour nous rendre heureux, nous ait aussi donné l'Orgueil pour nous épargner la douleur de connoistre nos im-perfections.

37.

L'Orgueil à plus de part que la bonté aux remonstrances que nous faisons à ceux qui commet-

tent des fautes : & nous ne les
reprenons pas tant pour les en
corriger, que pour leur perſuader
que nous en ſommes exempts.

38.

Nous promettons ſelon nos Eſperances : & nous tenons ſelon
nos Craintes.

39.

L'Intereſt parle toutes ſortes
de langues, & jouë toutes ſortes
de perſonnages, meſme celuy
de deſintereſſé.

40.

L'Intereſt qui aueugle les vns,
fait la lumiere des autres.

41.

Ceux qui s'appliquent trop aux petites choses deuiennent ordinairement incapables des grandes.

42.

Nous n'auons pas assez de Force pour suiure toute nostre raison.

43.

L'homme croit souuent se conduire lors qu'il est conduit : & pendant que par son esprit il tend à vn but, son cœur l'entraisne insensiblement à vn autre.

44.

44.

La force & la foibleffe de l'Efprit font mal nommées : elles ne
font en effet que la bonne ou
la mauuaife difpofition des organes du corps.

45.

Le caprice de noftre Humeur
eft encore plus bizarre que celuy
de la fortune.

46.

L'attachement ou l'indifference pour la vie qu'auoient les Phi-
lofophes n'eftoit qu'vn gouft de
leur Amour propre dont on ne
doit non plus difputer que de
ceux de la langue ou du choix

B

des couleurs.

47.

Noſtre Humeur met le prix à tout ce qui nous vient de la fortune.

48.

La Felicité eſt dans le gouſt, & non pas dans les choſes ; & c'eſt par auoir ce qu'on aime qu'on eſt heureux, & non pas par auoir ce que les autres trouuent aimable.

49.

Quand on ne trouue pas ſon repos en ſoy-meſme, il eſt inutile de le chercher ailleurs.

50.

On n'est iamais si heureux ny
si mal-heureux que l'on pense.

51.

Ceux qui croyent auoir du
merite se font vn honneur d'ê-
tre mal-heureux, pour persuader
aux autres & à eux-mesmes
qu'ils sont dignes d'estre en
butte à la fortune.

52.

Rien ne doit tant diminuer
la satisfaction que nous auons
de nous-mesmes, que de voir
que nous desapprouuions dans
vn temps ce que nous approu-
uions dans vn autre.

53.

Quelque differnce qu'il y ait entre les fortunes, il y a neanmoins vne certaine compenſation de biens & de maux qui les rend égales.

54.

Quelques grands auantages que la nature donne, ce n'eſt pas elle ſeule, mais la Fortune auec elle qui fait les Heros.

55.

Le mépris des richeſſes eſtoit dans les Philoſophes vn deſir caché de venger leur merite de l'injuſtice de la fortune par le mépris des meſmes biens dont

elle les priuoit : c'eſtoit vn ſecret pour ſe garentir de l'aui-
liſſement de la pauureté : c'é-
toit vn chemin détourné pour
aller à la conſidaration qu'ils ne
pouuoient auoir par les richeſſes.

56.

La haine pour les Fauoris
n'eſt autre choſe que l'amour
de la faueur. Le dépit de ne la
pas poſſeder ſe conſole & s'a-
doucit par le mépris que l'on
témoigne de ceux qui la poſſe-
dent : & nous leur refuſons nos
hommages ne pouuant pas leur
oſter ce qui leur attire ceux de
tout le monde.

57.

Pour s'establir dans le monde on fait tout ce que l'on peut pour y paroiſtre eſtably.

58.

Quoy que les hommes ſe flattent de leurs grandes Actiõs, elles ne ſont pas ſouuent les effets d'vn grand deſſein, mais des effets du hazard.

59.

Il ſemble que nos Actions ayent des eſtoilles heureuſes ou mal-heureuſes, à qui elles doiuent vne grande partie de la loüange & du blâme qu'on leur donne.

60.

Il n'y a point d'Accidens si mal-heureux dont les habiles gens ne tirent quelque auantage ; ny de si heureux que les imprudens ne puissent tourner à leur prejudice.

61.

La Fortune tourne tout à l'auantage de ceux qu'elle fauorise.

62.

Le bon-heur & le mal-heur des hommes ne dépend pas moins de leur Humeur que de la fortune.

63.

La Sincerité eſt vne ouuerture de cœur. On la trouue en fort peu de gens : & celle que l'on voit dordinaire n'eſt qu'vne fine diſſimulation pour attirer la confiance des autres.

64.

L'auerſion du Menſonge eſt d'ordinaire vne imperceptible ambition de rendre nos témoignages conſiderables, & d'attirer à nos paroles vn reſpeſt de religion.

65.

La Verité ne fait pas tant de bien dans le monde que ſes apparences

parences y font de mal.

66.

Il n'y a point d'éloges qu'on
ne donne à la Prudence. Cependant quelque grande qu'elle
soit elle ne sçauroit nous assu-
rer du moindre éuénement ,
parce qu'elle trauaille sur l'homme qui est le sujet du monde le
plus changeant.

67.

Vn habile homme doit regler
le rang de ses Interests & les
conduire chacun dans son ordre. Nostre auidité le trouble
souuent en nous faisant courir
à tant de choses à la fois, que
pour desirer trop les moins importantes on manque les plus

68.

La bonne grace eft au corps
ce que le bon fens eft à l'efprit.

69.

Il eft difficile de definir l'A-
mour. Ce qu'on en peut dire
eft que dans l'ame c'eft vne
paffion de regner. Dans les ef-
prits c'eft vne fimpathie. Et
dans le corps ce n'eft qu'vne
enuie cachée & delicate de pof-
feder ce que l'on aime aprés
beaucoup de myfteres.

70.

S'il y a vn Amour pur & exemt

du mélange de nos autres paffions , c'eft celuy qui eft caché
au fond du cœur , & que nous
ignorons nous-mefmes.

71.

Il n'y a point de déguife-
ment qui puiffe long-temps cacher l'Amour où il eft , ny le
feindre où il n'eft pas.

72.

Comme on n'eft iamais en liberté d'aimer ou de ceffer d'aimer, l'amant ne peut fe plain-
dre avec juftice de l'inconftance de fa maiftreffe ; ny elle de
la legereté de fon amant.

73.

Si on juge de l'Amour par la pluſpart de ſes effets, il reſſemble plus à la haine qu'à l'amitié.

74.

On peut trouuer des femmes qui n'ont iamais eu de Galenterie. Mais il eſt rare d'en trouuer qui n'en ayent iamais eu qu'vne.

75.

Il n'y a que d'vne ſorte d'Amour: mais il y en a mille differentes copies.

76.

L'Amour aussi bien que le feu
ne peut subsister sans vn mou-
uement continuel ; & il cesse de
viure dés qu'il cesse d'esperer
ou de craindre.

77.

Il est du veritable Amour
comme de l'apparition des es-
prits. Tout le monde en parle,
mais peu de gens en ont vû.

78.

L'Amour preste son nom à vn
nombre infiny de commerces
qu'on luy attribuë, & où il n'a
non plus de part que le Doge
à ce qui se fait à Venise.

79.

L'amour de la Iuftice n'eft en la plufpart des hommes que la crainte de fouffrir l'injuftice.

80.

Le Silence eft le party le plus feur de celuy qui fe défie de foy-mefme.

81.

Ce qui nous rend fi chan-geans dans nos Amitiez , c'eft qu'il eft auffi difficile de con-noiftre les qualitez de l'ame qu'il eft facile de connoiftre celles de l'efprit.

82.

L'Amitié la plus deſ-intereſsée n'eſt qu'vn commerce où noſtre amour propre ſe propoſe toûjours quelque choſe à gagner.

83.

La Reconciliation auec nos ennemis n'eſt qu'vn deſir de rendre noſtre condition meilleure, vne laſſitude de la guerre, & vne crainte de quelque mauuais éuénement.

84.

Quand nous ſommes las d'aimer nous ſommes bien-aiſes que l'on nous deuienne infidelle pour nous degager de noſtre fidelité.

85.

Il est plus honteux de se dé-
fier de ses Amis que d'en estre
trompé.

86.

Nous nous persuadons sou-
uent d'aimer les gens plus puis-
sans que nous : & neanmoins
c'est l'interest seul qui produit
nostre Amitié. Nous ne nous
donnons pas à eux pour le bien
que nous leur voulons faire,
mais pour celuy que nous en
voulons receuoir.

87.

Nostre Défiance justifie la
tromperie d'autruy.

88.

Comment pretendons-nous qu'vn autre garde noftre Secret fi nous ne pouuons le garder nous-mefmes?

89.

L'Amour propre nous augmente ou nous diminuë les bonnes qualitez de nos amis à proportion de la fatisfaction que nous auons d'eux : & nous jugeons de leur merite par la maniere dont ils viuent auec nous.

90.

Tout le monde fe plaint de fa memoire, & perfonne ne fe plaint de fon iugement.

91.

Il n'y en a point qui preſſent tant les autres que les pareſſeux lors qu'ils ont ſatisfait à leur Pareſſe, afin de paroiſtre diligens.

92.

La plus grande Ambition n'en a pas la moindre apparence lors qu'elle ſe rencontre dans vne impoſſibilité abſoluë d'arriuer où elle aſpire.

93.

Détromper vn homme preoⰽupé de ſon merite, eſt luy rendre vn auſſi mauuais office que fut celuy que l'on rendit à

ce fou d'Athenes qui croyoit
que tous les vaiſſeaux qui arri-
uoient dans le port eſtoient à
luy.

94.

Les Vieillars aiment à donner de bons preceptes pour ſe
conſoler de n'eſtre plus en eſtat
de donner de mauuais exemples.

95.

Les grands noms abaiſſent
au lieu d'éleuer ceux qui ne les
ſçauent pas ſoûtenir.

96.

La marque d'vn Merite ex-
traordinaire eſt de voir que

ceux qui l'enuient le plus sont contrains de le loüer.

97.

C'est vne preuue de peu d'Amitié de ne s'apperceuoir pas du refroidissement de celle de nos amis.

98.

On s'est trompé lors que l'on a creu que l'esprit & le jugement estoient deux choses differentes. Le Iugement n'est que la grandeur de la lumiere de l'esprit. Sa profondeur penetre le fond des choses : sa justesse n'en remarque que ce qu'il en faut remarquer : & sa delicatesse apperçoit celles qui semblent estre imperceptibles. De forte qu'il faut demeurer d'accord que c'eſt l'eſtenduë de la lumiere de l'eſprit qui produit tous les effets que l'on attribuë au jugement.

99.

Chacun dit du bien de ſon cœur, & perſonne n'en oſe dire de ſon eſprit.

100.

La Politeſſe de l'eſprit conſiſte à penſer des choſes honnêtes & delicates.

101.

La Galanterie de l'eſprit eſt de dire des choſes flateuſes d'vne maniere agreable.

102.

Il arriue souuent que des choses se presentent plus acheuées
à nostre Esprit qu'il ne les pourroit faire auec beaucoup d'art.

103.

L'Esprit est tousiours la dupe
du cœur.

104.

Tous ceux qui connoissent
leur esprit ne connoissent pas
leur cœur.

105.

Les hommes & les affaires
ont leur point de perspectiue.

Il y en a qu'il faut voir de prés pour en bien juger; & d'autres dont on ne juge jamais si bien que quand on en est éloigné.

106.

Celuy-là n'est pas raisonnable à qui le hazard fait trouuer la Raison, mais celuy qui la connoist, qui la discerne, & qui la gouste.

107.

Pour bien sçauoir les choses, il en faut sçauoir le detail : & comme il est presque infiny, nos connoissances sont toûjours superficielles & imparfaites.

108.

C'eſt vne eſpece de Coqueterie de faire remarquer qu'on
n'en fait iamais.

109.

L'Eſprit ne ſçauroit joüer
long-temps le perſonnage du
cœur.

110.

La Ieuneſſe change ſes gouſts
par l'ardeur du ſang : & la Vieil-
leſſe conſerue les ſiens par l'ac-
couſtumance.

111.

On ne donne rien ſi libera-
lement

lement que ſes Conſeils.

112.

Plus on aime vne maiſtreſſe, & plus on eſt preſt de la haïr.

113.

Les defauts de l'Eſprit augmentent en vieilliſſant comme ceux du viſage.

114.

Il y a de bons mariages; mais il n'y en a point de delicieux.

115.

On ne ſe peut conſoler d'eſtre trompé par ſes ennemis, & trahy par ſes amis; & l'on eſt

souuent satisfait de l'estre par
soy-mesme.

116.

Il est aussi facile de se tromper soy-mesme sans s'en apperceuoir, qu'il est difficile de
tromper les autres sans qu'ils
s'en apperçoiuent.

117.

Rien n'est moins sincere que
la maniere de demander & de
donner des Conseils. Celuy qui
en demande paroist auoir vne
deference respectueuse pour les
sentimens de son amy, bien
qu'il ne pense qu'à luy faire
approuuer les siens & à le rendre garand de sa conduite. Et
celuy qui conseille paye la con-

fiance qu'on luy témoigne d'vn
zele ardent & desinteressé ,
quoy qu'il ne cherche dans les
conseils qu'il donne que son
propre interest ou sa gloire.

118.

La plus subtile de toutes les
Finesses est de sçauoir bien feindre de tomber dans les pieges
que l'on nous tend; & on n'est
iamais si aisément trompé que
quand on songe à tromper les
autres.

119.

L'intention de ne iamais
tromper nous expose à estre
souuent trompez.

120.

Nous sommes si accouſtumez à nous déguiſer aux autres, qu'enfin nous nous déguiſons à nous-meſmes.

121.

L'on fait plus ſouuent des Trahiſons par foibleſſe que par vn deſſein formé de trahir.

122.

On fait ſouuent du bien pour pouuoir impunément faire du mal.

123.

Si nous reſiſtons à nos Paſ-

fions c'eft plus par leur foibleffe que par noftre force.

124.

On n'auroit gueres de plaifir
fi on ne fe flattoit iamais.

125.

Les plus habiles affectent toute leur vie de blâmer les Finef-
fes pour s'en feruir en quelque
grande occafion & pour quelque grand intereft.

126.

L'vfage ordinaire de la Finef-
fe eft la marque d'vn petit efprit, & il arriue prefque toûjours que celuy qui s'en fert

pour ſe couurir en vn endroit, ſe découure en vn autre.

127.

Les Fineſſes & les Trahiſons ne viennent que de manque d'habilité.

128.

Le vray moyen d'eſtre trompé c'eſt de ſe croire plus fin que les autres.

129.

La trop grande Subtilité eſt vne fauſſe delicateſſe : & la veritable delicateſſe eſt vne ſolide ſubtilité.

130.

Il suffit quelquefois d'eſtre groſſier pour n'eſtre pas trompé par vn habile homme.

131.

La Foibleſſe eſt le ſeul défaut que l'on ne ſçauroit corriger.

132.

Le moindre défaut des femmes qui ſe ſont abandonnées à faire l'Amour, c'eſt de faire l'amour.

133.

Il eſt plus aiſé d'eſtre Sage

pour les autres que de l'eftre
pour foy-mefme.

134.

Les feules bonnes copies font
celles qui nous font voir le ridicule des excellens originaux.

135.

On n'eft iamais fi ridicule par
les qualitez que l'on a que par
celles que l'on affecte d'auoir.

136.

On eft quelquefois auffi dif-
ferent de foy-mefme que des
autres.

137.

Il y a des gens qui n'auroient
iamais

iamais esté amoureux, s'ils n'a-
uoient jamais entendu parler de
l'Amour.

138.

On parle peu quand la Vanité
ne fait pas parler.

139.

On ayme mieux dire du mal
de soy-mesme que de n'en point
parler.

140.

Vne des choses qui fait que
l'on trouue si peu de gens qui
paroissent raisonnables & agreables dans la Conuersation, c'est
qu'il n'y a presque personne qui
ne pense plûtost à ce qu'il veut

dire qu'à répondre precisément
à ce qu'on luy dit, & que les
plus habiles & les plus complai-
fans fe contentent de montrer
feulement vne mine attentiue,
au mefme temps que l'on void
dans leurs yeux & dans leur
efprit vn égarement pour ce
qu'on leur dit, & vne precipita-
tion pour retourner à ce qu'ils
veulent dire : au lieu de con-
fiderer que c'eft vn mauuais
moyen de plaire aux autres ou
de les perfuader, que de chercher fi fort à fe plaire à foy-mefme, & que bien écouter &
bien répondre eft vne des plus
grandes perfections qu'on puiffe
auoir dans la conuerfation.

141.

Vn homme d'efprit feroit fouuent bien embaraſſé ſans la compagnie des ſots.

142.

Nous nous vantons ſouuent de ne nous point ennuyer : & nous ſommes ſi glorieux que nous ne voulons pas nous trouuer de mauuaiſe compagnie.

143.

Comme c'eſt le caractere des grands Eſprits de faire entendre en peu de paroles beaucoup de choſes : les petits eſprits au contraire ont le don de beaucoup parler , & de ne rien dire.

144.

C'eſt pluſtoſt par l'eſtime de nos propres ſentimens que nous exagerons les bonnes qualitez des autres que par l'eſtime de leur merite : & nous voulons nous attirer des loüanges lors qu'il ſemble que nous leur en donnons.

145.

On n'aime point à loüer ; & on ne loüe iamais perſonne ſans intereſt. La Loüange eſt vne flatterie habile, cachée, & delicate, qui ſatisfait differemment celuy qui l'a donne & celuy qui la reçoit : L'vn la prend comme vne recompenſe de ſon merite : l'autre la don-

ne pour faire remarquer son
équité & son discernement.

146.

Nous choisissons souuent des
Loüanges enpoisonnées qui
font voir par contre-coup en
ceux que nous loüons des defauts que nous n'osons découurir d'vne autre forte.

147.

On ne loüe d'ordinaire que
pour eftre loüé.

148.

Peu de gens font assez sages
pour preferer le blâme qui leur
eft vtile à la Loüange qui les
trahit.

149.

Il y a des Reproches qui loüent, & des Loüanges qui médifent.

150.

Le refus des Loüanges est vn desir d'estre loüé deux fois.

151.

Le desir de meriter les Loüanges qu'on nous donne fortifie nostre vertu : & celles que l'on donne à l'esprit, à la valeur, & à la beauté, contribuent à les augmenter.

152.

Il est plus difficile de s'empefcher d'estre gouverné que de
gouverner les autres.

153.

Si nous ne nous flattions point
nous-mesmes , la Flatterie des
autres ne nous pourroit nuire.

154.

La nature fait le Merite ; &
la Fortune le met en œuure.

155.

Il y a des gens dégoûtans auec
du Merite, & d'autres qui plai-
fent auec des Defauts.

156.

Il y a des gens dont tout le
Merite confiste à dire & à faire
des fottifes vtilement, & qui
gâteroient tout s'ils changeoient
de conduite.

157.

La gloire des grands hommes
fe doit toûjours mefurer aux
moyens dont ils fe font feruis
pour l'acquerir.

158.

Les Rois font des hommes
comme des pieces de monnoye :
ils les font valoir ce qu'ils veulent, & l'on eft forcé de les
receuoir felon leur cours, &

non pas selon leur veritable prix.

159.

Ce n'est pas assez d'auoir de grandes qualitez, il en faut auoir l'œconomie.

160.

Quelque éclatante que soit vne Action elle ne doit pas passer pour grande lors qu'elle n'est pas l'effet d'vn grand dessein.

161.

Il doit y auoir vne certaine proportion entre les Actions & les Desseins si on en veut tirer tous les effets qu'elles peuuent produire.

162.

L'Art de sçauoir bien mettre en œuure de mediocres qualitez dérobe l'estime & donne souuent plus de reputation que de veritable merite.

163.

Il y a vne infinité de Conduites qui paroissent ridicules, & dont les raisons cachées sont tres-sages & tres-solides.

164.

Il est plus facile de paroistre digne des Emplois qu'on n'a pas que de ceux que l'on exerce.

165.

Noſtre Merite nous attire l'eſtime des honneſtes gens, & noſtre Etoille celle du public.

166.

Le monde recompence plus ſouuent les apparences du Merite que le merite meſme.

167.

L'Auarice eſt plus oppoſée à l'œconomie que la liberalité.

168.

L'Eſperance toute trompeuſe qu'elle eſt ſert au moins à nous mener à la fin de la vie par vn chemin agreable.

169.

Pendant que la Pareſſe & la Timidité nous retiennent dans noſtre deuoir, noſtre vertu en a ſouuent tout l'honneur.

170.

Il eſt difficile de juger ſi vn Procedé net, ſincere, & honneſte eſt vn effet de probité ou d'habileté.

171.

Les vertus ſe perdent dans l'Intereſt comme les fleuues ſe perdent dans la mer.

172.

Nous sommes si préoccupés en noftre faueur que souuent ce que nous prenons pour des vertus n'eft que des vices qui leur reffemblent , & que l'Amour propre nous déguife.

173.

Il y a diuerses fortes de Curiofité : l'vne d'intereft qui nous porte à defirer d'apprendre ce qui nous peut eftre vtile : & l'autre d'orgueil qui vient du defir de fçauoir ce que les autres ignorent.

174.

Il vaut mieux employer noftre

efprit à fupporter les Infortunes qui nous arriuent , qu'à
préuoir celles qui nous peuuent
arriuer.

175.

La conftance en Amour eft
vne inconftance perpetuelle ,
qui fait que noftre cœur s'atta-
che fucceffiuement à toutes les
qualitez de la perfonne que nous
aimons, donnant tantoft la pré-
ference à l'vne , tantoft à l'autre : deforte que cette conftance n'eft qu'vne inconftance arrê-
tée & renfermée dans vn mefme fujet.

176.

Il y a deux fortes de conftance en Amour : L'vne vient

de ce que l'on trouue fans cef-
fe dans la perfonne que l'on
aime de nouueaux fujets d'aimer : & l'autre vient de ce
qu'on fe fait vn honneur d'eftre
conftant.

177.

La Perfeuerance u'eft digne
ny de blâme ny de loüange,
parce qu'elle n'eft que la durée
des goufts & des fentimens
qu'on ne s'ofte & qu'on ne fe
donne point.

178.

Ce qui nous fait aimer les
nouuelles connoiffances n'eft pas
tant la laffitude que nous auons
des vieilles ou le plaifir de changer, que le dégouft de n'eftre

pas affez admirez de ceux qui nous connoiffent trop , & l'efperance de l'eftre dauantage de ceux qui ne nous connoiffent pas tant.

179.

Nous nous plaignons quelquefois legerement de nos Amis pour juftifier par auance noftre legereté.

180.

Noftre Repentir n'eft pas tant vn regret du mal que nous auons fait , qu'vne crainte de celuy qui nous en peut arriuer.

181.

Il y a vne Inconftance qui
vient

vient de la legereté de l'esprit
ou de sa foiblesse qui luy fait
receuoir toutes les opinions
d'autruy : & il y en a vne autre
qui est plus excusable, qui vient
du dégoust des choses.

182.

Les Vices entrent dans la com-
position des Vertus comme les
poisons entrent dans la compo-
sition des remedes. La Prudence les assemble & les tempere ;
& elle s'en sert vtilement contre
les maux de la vie.

183.

Il y a des Crimes qui deuiennent innocens & mesme glorieux
par leur éclat, leur nombre, &
leur excez. De là vient que les

voleries plubliques font des ha-
bilitez ; & que prendre des
prouinces injuftement s'appelle
faire des conqueftes.

184.

Nous auoüons nos Deffauts
pour reparer par noftre finceri-
té le tort qu'ils nous font dans
l'efprit des autres.

185.

Il y a des Heros en mal comme en bien.

186.

On peut haïr & méprifer les
Vices fans haïr ny méprifer les
vicieux ; mais on ne fçauroit ne
point méprifer ceux qui n'ont
aucune vertu,

187.

Le nom de la Vertu sert à l'Interest aussi vtilement que les vices.

188.

La santé de l'Ame n'est pas plus assurée que celle du corps; & quoy que l'on paroisse éloigné des passions on n'est pas moins en danger de s'y laisser emporter que de tomber malade quand on se porte bien.

189.

Il semble que la nature ait prescrit à chaque homme dés sa naissance des bornes pour les vertus & pour les vices.

190.

Il n'appartient qu'aux grands hommes d'auoir de grands Defauts.

191.

On peut dire que les Vices nous attendent dans le cours de la vie comme des hoftes chez qui il faut succeffiuement loger : & ie doute que l'experience nous les fift éuiter s'il nous eftoit permis de faire deux fois le mefme chemin.

192.

Quand les Vices nous quittent, nous nous flattons de la creance que c'eft nous qui les quittons.

193.

Il y a des recheutes dans les maladies de l'Ame comme dans celles du corps. Ce que nous prenons pour noftre guerifon n'eft le plus fouuent qu'vn relâche ou vn changement de mal.

194.

Les Deffauts de l'ame font comme les bleffures du corps : quelque foin qu'on prenne de les guerir, la cicatrice paroift toûjours, & elles font à tout moment en danger de fe rouurir.

195.

Ce qui nous empefche fou-

uent de nous abandonner à vn
feul vice , eft que nous en auons
plufieurs.

196.

Nous oublions aifément nos
crimes lors qu'ils ne font fçeus
que de nous.

197.

Il y a des gens de qui l'on peut
ne iamais croire du mal fans l'a-
uoir veu. Mais il n'y en a point
en qui il nous doiue furprendre
en le voyant.

198.

Nous éleuons la gloire des vns
pour abbaiffer celle des autres:
Et quelquesfois on loüeroit
moins Monfieur le Prince &

Monsieur de Turenne si on
ne les vouloit point blâmer tous
deux.

199.

Le desir de paroistre habile
empesche souuent de le deue-
nir.

200.

La vertu n'iroit pas loin si
la Vanité ne luy tenoit compagnie.

201.

Celuy qui croit pouuoir trouuer en soy-mesme de quoy se
passer de tout le monde se
trompe fort. Mais celuy qui
croit qu'on ne peut se passer de

luy se trompe encore dauantage.

202.

Les faux honnestes gens sont ceux qui déguisent leurs defauts aux autres & à eux-mesmes. Les vrais honnestes gens sont ceux qui les connoissent parfaitement & les confessent.

203.

Le vray honneste homme est celuy qui ne se pique de rien.

204.

La Seuerité des femmes est vn ajustement & vn fard qu'elles ajoûtent à leur beauté.

205.

L'honnesteté des femmes est souuent l'amour de leur reputation & de leur repos.

206.

C'est estre veritablement honneste homme que de vouloir estre toûjours exposé à la veuë des honnestes gens.

207.

La folie nous suit dans tous les temps de la vie. Si quelqu'vn paroist sage, c'est seulement parce que ses folies sont proportionnées à son âge & à sa fortune.

G

208.

Il y a des gens niais qui se connoissent, & qui employent habilement leur niaiserie.

209.

Qui vit sans folie n'est pas si sage qu'il croit.

210.

En vieillissant on deuient plus fou, & plus sage.

211.

Il y a des gens qui ressemblent aux Vaudeuilles que tout le monde chante vn certain temps, quelques fades & dégoûtans qu'ils soient.

212.

La plufpart des gens ne jugent des hommes que par la vogue qu'ils ont, ou par leur fortune.

213.

L'Amour de la gloire : la crainte de la honte : le deffein de faire fortune : le defir de rendre noftre vie commode & agreable ; & l'enuie d'abaiffer les autres, font fouuent les caufes de cette valeur fi celebre parmy les hommes.

214.

La valeur eft dans les fimple foldats vn métier perilleu x qu'il ont pris pour gagner leur vie.

215.

La parfaite valeur & la pol-
tronnerie complette font deux
extremitez où l'on arriue rare-
ment. L'efpace qui eft entre
deux eft vafte, & contient toutes les autres efpeces de courage : il n'y a pas moins de difference entr'elles qu'entre les
vifages & les humeurs. Il y a
des hommes qui s'expofent
volontiers au commencement
d'vne action , & qui fe relaf-
chent & fe rebutent aifément
par fa durée. Il y en a qui font
contens quand ils ont fatisfait
à l'honneur du monde, & qui
font fort peu de chofe au delà.
On en voit qui ne font pas toû-
jourségalement maîtres de leur

peur. D'autres se laissent quelquefois entraisner à des terreurs
generales. D'autres vont à la
charge parce qu'ils n'osent demeurer dans leurs postes. Il
s'en trouue à qui l'habitude des
moindres perils affermit le courage & les prepare à s'exposer à
de plus grands. Il y en a qui sont
braues à coups d'épée, & qui
craignent les coups de mousquet : d'autres sont asseurez
aux coups de mousquet, &
apprehendent de se battre à
coups d'épée. Tous ces cou-
rages de differentes especes
conuiennent en ce que la nuit
augmentant la crainte & ca-
chant les bonnes & les mauuaises actions, elle donne la liberté de se ménager. Il y a encore vn autre ménagement plus
general : car on ne void point

d'homme qui fasse tout ce qu'il
seroit capable de faire dans vne
occasion s'il estoit asseuré d'en
reuenir. Desorte qu'il est visi-
ble que la crainte de la mort
oste quelque chose de la valeur.

216.

La parfaite valeur est de faire
sans témoins ce qu'on seroit
capable de faire deuant tout le
monde.

217.

L'intrepidité est vne force ex-
traordinaire de l'ame qui l'éle-
ue au dessus des troubles ; des
desordes, & des émotions que
la veuë des grands perils pourroit exciter en elle : Et c'est

par cette force que les Heros se
maintiennent en vn estat paisi-
ble & conseruent l'vsage li-
bre de leur raison dans les accidens les plus surprenans & les
plus terribles.

218.

L'hypocrisie est vn hommage
que le vice rend à la vertu.

219.

La pluspart des hommes s'exposent assez dans la guerre pour
sauuer leur honneur : Mais peu
se veulent toûjours exposer au-
tant qu'il est necessaire pour
faire reüssir le dessein pour le-
quel ils s'exposent.

220.

La vanité , la honte , & fur
tout le temperament., font en
plufieurs la valeur des hommes,
& la vertu des femmes.

221.

On ne veut point perdre la
vie , & on veut acquerir de la
gloire : ce qui fait que les braues ont plus d'adreffe & d'efprit
pour éuiter la mort , que les
gens de chicane n'en ont pour
conferuer leur bien.

222.

Il n'y a gueres de perfonnes
qui dans le premier penchant
de l'âge ne faffent connoiftre

par où leur corps & leur esprit
doiuent defaillir.

223.

Il est de la Reconnoissance
comme de la bonne foy des
marchands : elle entretient le
commerce : & nous ne payons
pas parce qu'il est juste de nous
acquiter ; mais pour trouuer
plus facilement des gens qui
nous prestent.

224.

Tous ceux qui s'acquitent
des deuoirs de la Reconnoissance ne peuuent pas pour ce-
la se flatter d'estre reconnois-
sans.

225.

Ce qui fait le mécompte dans la Reconnoiſſance qu'on attend des graces que l'on a faites, c'eſt que l'orgueil de celuy qui donne, & l'orgueil de celuy qui reçoit ne peuuent conuenir du prix du bien fait.

226.

Le trop grand empreſſement qu'on a de s'acquitter d'vne obligation eſt vne eſpece d'Ingratitude.

227.

On donne plus aiſément des bornes à ſa Reconnoiſſance qu'à ſes eſperances & qu'à ſes deſirs.

228.

L'Orgueil ne veut pas deuoir :
& l'Amour propre ne veut pas
payer.

229.

Le bien que nous auons re-
ceu veut que nous respections
le mal qu'on nous fait.

230.

Rien n'est si contagieux que
l'Exemple , & nous ne faisons
jamais de grands biens ny de
grands maux qui n'en produi-
sent de semblables. Nous imi-
tons les bonnes actions par ému-
lation , & les mauuaises par la
malignité de nostre nature

que la honte retenoit prifon-
niere, & que l'exemple met en
liberté.

231.

C'eft vne grande folie de
vouloir eftre fage tout feul.

232.

Quelque pretexte que nous
donnions à nos Afflictions, ce
n'eft fouuent que l'intereft &
la vanité qui les caufent.

233.

Il y a dans les Afflictions di-
uerfes fortes d'hypocrifie. Dans
l'vne, fous pretexte de pleurer
la perte d'vne perfonne qui
nous eft chere, nous nous pleu-

rons nous-mefmes ; nous pleurons la diminution de noftre bien , de noftre plaifir , de noftre confideration. Ainfi les morts ont l'honneur des larmes qui ne coulent que pour les viuans. Ie dis que c'eſt vne eſpece d'hypocriſie à cauſe que dans ces fortes d'afflictions on ſe trompe fouuent ſoy-meſme. Il y a vne autre hypocriſie qui n'eſt pas ſi innocente , parce qu'elle impoſe à tout le monde : C'eſt l'affliction de certaines perſonnes qui afpirent à la gloire d'vne belle & immortelle douleur. Apres que le temps qui conſume tout a fait ceſſer celle qu'elles auoient en effet, elles ne laiſſent pas d'opiniaſtrer leurs pleurs , leurs plaintes , & leurs foûpirs ; elles prennent vn perſonnage lugubre , & trauail-

lent à perſuader par toutes leurs
actions que leur déplaiſir ne fi-
nira qu'auec leur vie. Cette
triſte & fatigante vanité ſe trouue d'ordinaire dans les femmes
ambitieuſes. Comme leur ſexe
leur ferme tous les chemins qui
meinent à la gloire , elles s'ef-
forcent de ſe rendre celebres
par la monſtre d'vne inconſola-
ble affliction. Il y a encore vne
autre eſpece de larmes qui n'ont
que de petites ſources qui coulent & ſe tariſſent facilement :
on pleure pour auoir la reputation d'eſtre tendre : on pleure
pour eſtre plaint : on pleure
pour eſtre pleuré ; & enfin on
pleure pour éuiter la honte de
ne pleurer pas.

234.

Nous ne regretons pas toûjours la perte de nos amis par
la confideration de leur merite;
mais par celle de nos befoins
& de la bonne opinion qu'ils
auoient de nous.

235.

Nous nous confolons aifément
des difgraces de nos amis lors
qu'elles feruent à fignaler nô-
tre tendreffe pour eux.

236.

Il femble que l'Amour propre
foit la dupe de la bonté, & qu'il
s'oublie luy-mefme lors que nous
trauaillons pour l'auantage des

autres. Cependant c'eſt prendre le chemin le plus aſſuré pour arriuer à ſes fins : c'eſt préter à vſure ſous pretexte de donner : c'eſt enfin s'aquerir tout le monde par vn moyen ſubtil & delicat.

237.

Nul ne merite d'eſtre loüé de bonté s'il n'a pas la force d'eſtre méchant : toute autre bonté n'eſt le plus ſouuent qu'vne pareſſe ou vne impuiſſance de la volonté.

238.

Il n'eſt pas ſi dangereux de faire du mal à la pluſpart des hommes que de leur faire trop de bien.

239.

239.

Rien ne flatte plus noſtre orgueil que la confiance des Grands, parce que nous la regardons comme vn effet de noſtre merite, ſans conſiderer qu'elle ne vient le plus ſouuent que de vanité, ou d'impuiſſance de garder le ſecret. Ainſi l'on peut dire que la confiance eſt quelquefois comme vn relaſchement de l'ame qui cherche à ſe ſoulager du poids dont elle eſt preſſée.

140.

On peut dire de l'agréement ſeparé de la beauté, que c'eſt vne ſymetrie dont on ne ſçait point les regles, & vn raport

fecret des traits enfemble , &
des traits auec les couleurs &
auec l'air de la perfonne.

241.

La coqueterie eft le fond &
l'humeur de la plufpart des femmes.   Mais toutes ne la mettent
pas en pratique , parce que la
coquetterie de quelques vnes eft
retenuë par leur temperament
& par leur raifon.

242.

On incommode fouuent les
autres quand on croit ne les pouuoir jamais incommoder.

243.

Il y a peu de chofes impoffi-

bles d'elles-mesmes ; & l'application pour les faire reüssir nous
manque plus que les moyens.

244.

La souueraine Habileté consiste à bien connoistre le prix
des choses.

245.

C'est vne grande Habileté
que de sçauoir cacher son habileté.

246.

Ce qui paroist Generosité
n'est souuent qu'vne ambition
déguisée qui méprise de petits
interests pour aller à de plus
grands.

247.

La Fidelité qui paroiſt en la pluſpart des hommes n'eſt qu'vne inuention de l'amour propre pour attirer la confiance. C'eſt vn moyen de nous éleuer au deſſus des autres, & de nous rendre depoſitaires des choſes les plus importantes.

248.

La Magnanimité meſpriſe tout pour auoir tout.

249.

Il n'y a pas moins d'Eloquence dans le ton de la voix que dans le choix des paroles.

250.

La veritable Eloquence consiste à dire tout ce qu'il faut, & à
ne dire que ce qu'il faut.

251.

Il y a des personnes à qui les
Defauts siéent bien, & d'autres
qui sont disgraciées auec leurs
bonnes qualitez.

252.

Il est aussi ordinaire de voir
changer les Gousts qu'il est ex-
traordinaire de voir changer les
inclinations.

253.

L'Intereſt met en œuure toutes ſortes de vertus & de vices.

254.

L'Humilité n'eſt ſouuent
qu'vne feinte ſoumiſſion dont
on ſe ſert pour ſoumettre les
autres : c'eſt vn artifice de l'orgueil qui s'abaiſſe pour s'éleuer :
& bien qu'il ſe transforme en
mille manieres , il n'eſt jamais
mieux déguiſé & plus capable
de tromper que lors qu'il ſe
cache ſous la figure de l'humilité.

255.

Tous les sentimens ont chacun vn ton de voix, des gestes & des mines qui leur sont propres : Et ce rapport bon ou mauuais, agreable ou désagreable, est ce qui fait que les personnes plaisent ou déplaisent.

256.

Dans toutes les professions chacun affecte vne mine & vn exterieur pour paroistre ce qu'il veut qu'on le croye. Ainsi on peut dire que le monde n'est composé que de Mines.

257.

La Grauité est vn mystere du

corps inuentée pour cacher les
defauts de l'efprit.

258.

Il y a vne Eloquence dans
les yeux & dans l'air de la perfonne qui ne perfuade pas moins
que celle de la parole.

259.

Le plaifir de l'Amour eft d'aimer : & l'on eft plus heureux par
la paffion que l'on a que par celle
que l'on donne.

260.

La Ciuilité eft vn defir d'en
receuoir, & d'eftre eftimé po-
ly.

261.

L'Education que l'on donne
d'ordinaire aux jeunes gens est
vn second amour propre qu'on
leur inspire.

262.

Il n'y a point de passion où
l'amour de soy-mesme regne si
puissamment que dans l'Amour;
& on est toûjours plus disposé
à sacrifier le repos de ce qu'on
aime, qu'à perdre la moindre
partie du sien.

263.

Ce qu'on nomme Liberalité
n'est le plus souuent que la vanité de donner, que nous ai-

mons mieux que ce que nous
donnons.

264.

La Pieté est souuent vn sen-
timent de nos propres maux
dans les maux d'autruy. C'est
vne habile preuoyance des mal-
heurs où nous pouuons tomber : nous donnons du secours
aux autres pour les engager à
nous en donner en de semblables occasions ; & ces seruices
que nous leur rendons sont à
proprement parler des biens
que nous nous faisons à nous-
mesmes par auance.

265.

La petitesse de l'esprit fait l'O-
piniastreté : & nous ne croyons

pas aisément ce qui est au delà de ce que nous voyons.

266.

C'est se tromper que de croire qu'il n'y ait que les violen-
tes passions, comme l'ambition
& l'amour, qui puissent triom-
pher des autres. La Paresse
toute languissante qu'elle est
ne laisse pas d'en estre souuent
la maistresse : elle vsurpe sur
tous les desseins & sur toutes
les actions de la vie : elle y dé-
truit & y consume insensiblement les passions & les vertus.

267.

La Promtitude à croire le
mal sans l'auoir assez examiné
est vn effet de la paresse & de

l'orgueil. On veut trouuer des coupables; & on ne veut pas se donner la peine d'examiner les crimes.

268.

Nous recusons des Iuges pour les plus petits interests, & nous voulons bien que nostre reputation & nostre gloire dépendent du jugement des hommes qui nous sont tous contraires, ou par leur jalousie, ou par leur préoccupation, ou par leur peu de lumiere : & ce n'est que pour les faire prononcer en nostre faueur que nous exposons en tant de manieres nostre repos & nostre vie.

269.

Il n'y a gueres d'homme as-

fez habile pour connoiſtre tout
le mal qu'il fait.

270.

L'Honneur aquis eſt caution
de celuy qu'on doit acquerir.

271.

La jeuneſſe eſt vne yvreſſe
continuelle : c'eſt la fiévre de la
vie : c'eſt la folie de la raiſon.

272.

On ayme à deuiner les au-
tres ; mais l'on n'ayme pas à
eſtre deuiné.

273.

Il y a des gens qu'on approu-

ue dans le monde, qui n'ont
pour tout merite que les vices
qui seruent au commerce de la
vie.

274.

C'est vne ennuyeuse maladie
que de conseruer sa santé par
vn trop grand regime.

275.

Le bon naturel qui se vante
d'estre si sensible est souuent
étouffé par le moindre interest.

276.

L'Absence diminuë les me-
diocres Passions, & augmente
les grandes, comme le vent

éteint les bougies & allume le
feu.

277.

Lés Femmes croyent souuent
aymer encore qu'elles n'ayment
pas. L'occupation d'vne intri-
gue ; l'émotion d'esprit que
donne la galanterie ; la pente na-
turelle au plaisir d'estre aymées,
& la peine de refuser leur per-
suade qu'elles ont de la passion
lors qu'elles n'ont que de la coqueterie.

278.

Ce qui fait que l'on est souuent mécontent de ceux qui ne-
gocient, est qu'ils abandonnent
presque toûjours l'interest de
leurs amis pour l'interest du

succez de la negociation qui deuient le leur par l'honneur d'auoir reüssy à ce qu'ils auoient entrepris.

279.

Quand nous exagerons la tendreße que nos amis ont pour nous, c'est souuent moins par reconnoißance que par le desir de faire juger de noftre merite.

280.

L'approbation que l'on donne à ceux qui entrent dans le monde vient souuent de l'enuie secrete que l'on porte à ceux qui y font établis.

281.

L'Orgueil qui nous inspire tant d'enuie nous sert souuent aussi à la moderer.

282.

Il y a des Fausserez déguisées qui representent si bien la verité, que ce seroit mal juger que de ne s'y pas laisser tromper.

283.

Il n'y a pas quelquefois moins d'Habileté, à sçauoir profiter d'vn bon conseil, qu'à se bien conseiller soy-mesme.

284.

Il y a des Méchans qui seroient moins dangereux s'ils n'auoient aucune bonté.

285.

La Magnanimité est assez definie par son nom : neanmoins on pourroit dire que c'est le bon sens de l'orgueil, & la voye la plus noble pour receuoir des loüanges.

286.

Il est impossible d'aymer vne seconde fois ce qu'on a veritablement cessé d'aymer.

287.

Ce n'est pas tant la fertilité de l'Esprit qui nous fait trouuer plusieurs expediens sur vne mesme affaire, que c'est le deffaut de lumiere qui nous fait arrêter à tout ce qui se presente à nostre imagination, & qui nous empesche de discerner d'abord ce qui est le meilleur.

288.

Il y a des affaires & des maladies que les remedes aigrissent en certains temps : & la grande habileté consiste à connoistre quand il est dangereux d'en vser.

289.

La Simplicité affectée est vne imposture delicate.

290.

Il y a plus de deffauts dans l'Humeur que dans l'esprit.

291.

Le Merite des hommes a sa saison aussi bien que les fruits.

292.

On peut dire de l'Humeur des hommes comme de la pluspart des bastimens, qu'elle a diuerses faces ; les vnes agreables, & les autres desagreables.

293.

La Moderation ne peut auoir le merite de combattre l'ambition & de la foûmettre : elles ne fe trouuent jamais enfemble. La moderation eft la langueur & la pareffe de l'ame, comme l'ambition en eft l'actiuité & l'ardeur.

294.

Nous aymons toûjours ceux qui nous admirent : & nous n'aymons pas toûjours ceux que nous admirons.

295.

Il s'en faut bien que nous ne connoiffions toutes nos volontez.

296.

Il est difficile d'aymer ceux que nous n'estimons point : mais il ne l'est pas moins d'aymer ceux que nous estimons beau-coup plus que nous.

297.

Les Humeurs du corps ont vn cours ordinaire & réglé qui meut & qui tourne imperce-ptiblement nostre volonté : elles roulent ensemble & exercent successiuement vn empire secret en nous : de sorte qu'elles ont vne part considerable à toutes nos actions sans que nous le puissions connoistre.

298.

La Reconnoiſſance de la pluspart des hommes n'eſt qu'vne
ſecrete enuie de receuoir de
plus grands bien-faits.

299.

Preſque tout le monde prend
plaiſir à s'acquitter des petites
obligations : beaucoup de gens
ont de la reconnoiſſance pour
les mediocres : mais il n'y a qua-
ſi perſonne qui n'ait de l'ingratitude pour les grandes.

300.

Il y a des folies qui ſe prennent comme les maladies con-
tagieuſes.

301.

Aſſez de gens mépriſent le
bien ; mais peu ſçauent le donner.

302.

Aprés auoir parlé de la fauſſeté de tant de vertus apparentes , il eſt raiſonnable de dire
quelque choſe de la fauſſeté du
mépris de la mort. J'entens parler de ce mépris de la mort que
les Payens ſe vantent de tirer
de leurs propres forces ſans l'eſperance d'vne meilleure vie.
Il y a difference entre ſouffrir
la mort conſtamment, & la mé-
priſer. Le premier eſt aſſez ordinaire, mais je croy que l'autre n'eſt jamais ſincere. On a
écrit

écrit neantmoins tout ce qui
peut le plus perfuader que la
mort n'eft point vn mal : & les
hommes les plus foibles auffi
bien que les Heros, ont donné
mille exemples celebres pour
établir cette opinion. Cependant je doute que perfonne de
bon fens l'ait jamais creu : & la
peine que l'on prend pour le
perfuader aux autres & à foy-
mefme, fait affez voir que cette entreprife n'eft pas aifée. On
peut auoir diuers fujets de dé-
gouts dans la vie ; mais on n'a
jamais raifon de méprifer la
mort : ceux mefmes qui fe la
donnent volontairement ne la
content pas pour fi peu de chofe , & ils s'en étonnent & la
rejettent comme les autres lors
qu'elle vient à eux par vne autre voye que celle qu'ils ont

K

choisie. L'inégalité que l'on
remarque dans le courage d'vn
nombre infiny de vaillans hommes vient de ce que la mort se
découure differemment à leur
imagination & y paroist plus
presente en vn temps qu'en vn
autre. Ainsi il arriue qu'apres
auoir méprisé ce qu'ils ne con-
noissoient pas, ils craignent enfin ce qu'ils connoissent. Il faut
éuiter de l'enuisager auec toutes ses circonstances si on ne
veut pas croire qu'elle soit le
plus grand de tous les maux.
Les plus habiles & les plus braues sont ceux qui prennent de
plus honstes pretextes pour s'em-
pescher de la considerer. Mais
tout homme qui l'a sçait voir
telle qu'elle est, trouue que c'est
vne chose épouuantable. La ne-
cessité de mourir faisoit toute

la conſtance des Philoſophes.
Ils croyoient qu'il falloit aller de
bonne grace où l'on ne ſçauroit
s'empeſcher d'aller ; & ne pouuant eternifer leur vie il n'y
auoit rien qu'ils ne fiſſent pour
eternifer leur reputation & ſau-
uer du naufrage ce qui en peut
eſtre garenty. Contentons-nous
pour faire bonne mine de ne
nous pas dire à nous-meſmes
tout ce que nous en penſons, &
eſperons plus de noſtre temperament que de ces foibles rai-
ſonnemens qui nous font croire
que nous pouuons aprocher de
la mort auec indifference. La
gloire de mourir auec fermeté,
l'eſperance d'eſtre regreté , le
deſir de laiſſer vne belle reputation, l'aſſurance d'eſtre affran-
chy des miſeres de la vie , & de
ne dépendre plus des caprices

de la fortune, font des remedes qu'on ne doit pas rejetter.
Mais on ne doit pas croire auffi
qu'ils foient infaillibles. Ils font
pour nous affurer ce qu'vne fimple haye fait fouuent à la guerre pour affurer ceux qui doiuent approcher d'vn lieu d'où
l'on tire. Quand on en eft éloigné on s'imagine qu'elle peut
mettre à couuert : mais quand
on en eft proche on trouue que
c'eft vn foible fecours. C'eft
nous flater de croire que la mort
nous paroiffe de prés ce que
nous en auons jugé de loin, &
que nos fentimens qui ne font
que foibleffes foient d'vne trem-
pe affez forte pour ne point fouffrir d'atteinte par la plus rude de
toutes les épreuues. C'eft auffi
mal connoiftre les effets de l'a-
mour propre que de penfer

qu'il puiſſe nous aider à compter pour rien ce qui le doit ne-
ceſſairement détruire, & la raiſon dans laquelle on croit trouuer tant de reſſources eſt trop
foible en cette rencontre pour
nous perſuader ce que nous voulons. C'eſt elle au contraire qui
nous trahit le plus ſouuent, &
qui au lieu de nous inſpirer le
mépris de la mort ſert à nous
découurir ce qu'elle a d'affreux
& de terrible. Tout ce qu'elle
peut faire pour nous eſt de
nous conſeiller d'en détourner
les yeux pour les arreſter ſur
d'autres objets. Caton & Bru-
tus en choiſirent d'illuſtres. Vn
Laquais ſe contenta il y a quelque temps de danſer ſur l'échaf-
faut où il alloit eſtre roüé. Ainſi bien que les motifs ſoient dif-
ferens ils produiſent ſouuent

les mesmes effets. De sorte
qu'il est vray que quelque dis-
proportion qu'il y ait entre les
grands hommes & les gens du
commun , on a veu mille fois
les vns & les autres receuoir la
mort d'vn mesme visage : mais
ça toûjours esté auec cette difference,que dans le mépris que
les grands hommes font paroî-
tre pour la mort, c'est l'amour
de la gloire qui leur en oste la
veuë ; & dans les gens du commun ce n'est qu'vn effet de leur
peu de lumiere qui les empesche de connoistre la grandeur
de leur mal , & leur laisse la liberté de penser à autre chose.

FIN.

TABLE DES MATIERES
de ces Reflexions Morales.

A

B

L ij

Fin de la Table.